Leopold Schroeder

Die Accentgesetze der homerischen Nominalcomposita, dargestellt und mit denen des Veda verglichen

Antigonos

Leopold Schroeder

Die Accentgesetze der homerischen Nominalcomposita, dargestellt und mit denen des Veda verglichen

Unveränderter Nachdruck der Originalausgabe von 1877.

1. Auflage 2024 | ISBN: 978-3-38643-569-7

Antigonos Verlag ist ein Imprint der Outlook Verlagsgesellschaft mbH.

Verlag: Outlook Verlag GmbH, Zeilweg 44, 60439 Frankfurt, Deutschland
Vertretungsberechtigt: E. Roepke, Zeilweg 44, 60439 Frankfurt, Deutschland
Druck: Libri Plureos GmbH, Friedensallee 273, 22763 Hamburg, Deutschland

Die accentgesetze
der homerischen nominalcomposita,
dargestellt und mit denen des Veda verglichen.

Die accentgesetze des Griechischen zeigen neben vielfachen abweichungen doch auch manche höchst auffällige übereinstimmungen mit denen des Sanskrit, welche im wesentlichen bekanntlich von Bopp in seinem »vergleichenden accentuationssystem« (Berlin 1854) wie auch Kuhn's zeitschr. III, 1—26 dargelegt worden sind. Die accentgesetze der nominalcomposita sind von ihm nur wenig berücksichtigt. Im allgemeinen sprach er die ansicht aus, dass auf diesem gebiete zwischen Griechisch und Sanskrit nur wenig übereinstimmung zu finden sei (a. a. o. s. 184); nur auf die ähnlichkeit in der betonung der bahuvrîhi machte er aufmerksam. Nach ihm ist kein versuch gemacht worden, dies verhältniss näher zu prüfen [1]).

Bevor ich die eigentliche untersuchung beginne, muss ich einige worte über die von mir angewandte classification der composita vorausschicken. In meiner arbeit »über die formelle unterscheidung der redetheile im Griechischen und Lateinischen« s. 194—205 habe ich den nachweis zu liefern gesucht, dass in

---

[1]) Die lehre vom accent der sanskritischen composita nach den regeln des Pâṇini ist bekanntlich von Aufrecht in seiner arbeit »de accentu compositorum« dargestellt. Erst kurz vor abschluss der vorliegenden abhandlung erhielt ich R. Garbe's soeben erschienene arbeit: »Das accentuationssystem des altindischen nominalcompositums« Kuhn's ztschr. XXIII, s. 470 fll. Sie konnte daher nur ausnahmsweise noch verglichen und benutzt werden. Man findet dort recht reichhaltige beispielsammlungen aus dem Ṛk und Atharvan. — Der accent der griechischen composita hat, so viel ich weiss, noch keinen monographen gefunden. —

den bisherigen arbeiten über nominalcomposita eine consequente und richtige classification noch vermisst werde und mich bemüht, denjenigen allgemeinen gesichtspunkt fest zu stellen, von dem aus eine solche classification möglich ist. Das resultat meiner untersuchung, auf die ich hier der kürze halber verweise (a. a. o. s. 203), bestand darin, dass ich alle composita in zwei hauptklassen eintheilte: 1) composita, die den redetheilcharakter des zweiten gliedes bewahren, und 2) composita, die ihn nicht bewahren. Die ersteren nannte ich composita immutata (sc. quod attinet ad partem orationis), unveränderte, nicht mutirte zusammensetzungen; die letzteren composita mutata, veränderte oder mutirte zusammensetzungen. Zu den ersteren gehören vor allem die sogenannten tatpurusha und karmadhâraya, zu den letzteren die bahuvrîhi. Von den drei übrigen classen der indischen grammatik bemerke ich bloss, dass ich die avyayîbhâva für adverbien halte, die auf bahuvrîhi (also mutata) zurückgehen, während die dvigu mir substantivirte bahuvrîhi zu sein scheinen [1]). Die dvandva sind zum theil (nämlich die devatâ-

---

[1]) Ein avyayîbhàva wie das vedische *anushvadhám* = »dem eignen willen gemäss, gern« ist meiner ansicht nach bloss der adverbial gebrauchte accus. sing. neutr. von einem bahuvrîhi *anushvadhá*, welches ebenso gebildet wäre wie z. b. das vedische *anushatyá, anukâmá*. Sehr einleuchtend ist dies in den fällen, wo neben dem avyayîbhâva noch das bahuvrîhi existirt, von dem es herkommt; so finden wir im RV. das bahuvrîhi *anukâmá* = »nach wunsch, gern« und daneben RV. 1, 17, 3 und 8, 48, 8 das avyayîbhâva *anukâmám*, welches offenbar bloss der adverbial gebrauchte acc. sg. neutr. von *anukâmá* ist. Ebenso muss z. b. *pratikâmám* auf ein bahuvrîhi *pratikâmá* zurückgeführt werden; *pratidoshám* auf ein *pratidoshá; yathâkâmám* auf ein *yathâkâmá; yathâkṛtám* und *yathâpûrvám* auf die später wirklich, wenn auch mit modificirter bedeutung und unaccentuirt, vorkommenden *yathâkṛtá, yathâpûrvá; yathâvaçám* auf ein *yathâvaçá*. Sehr deutlich lässt sich dies verhältniss beobachten bei *atimâtrám* von *atimâtrá* (beides im AV. u. ö.), *anantarám* von *anantará, abhimukhám* von *abhimukhá;* ferner auch bei *pratyakshám, pratyáksham* von *pratyaksha, samakshám* von *samaksha, sârdhám* von *sârdha* u. s. w. Es ist ganz derselbe process, wenn z. b. im Griechischen von dem adj. ἀντίβιος das adv. ἀντίβιον gebildet wird oder von ὑπέρβιος das adv. ὑπέρβιον, von πρόρριζος das adv. πρόρριζον, von ἔμπεδος das adv. ἔμπεδον u. dgl. Auch im Griech. ist manchmal das adj., von welchem das adv. stammt, nicht mehr vorhanden. So ist z. b. zu dem adv. ὑπέρμορον (und ὑπέρμορα) das adj. ὑπέρμορος nur theoretisch zu erschliessen u. s. w. In den klassischen sprachen hat man dies verhältniss von jeher durchschaut, aber auch die indischen avyayîbhâva wird man sich gewöhnen müssen als adverbialisirte

dvandva wie *agnī́shómâ, índrâváruṇâ* u. s. w.) jedenfalls immutata, so gut wie die tatpurusha und karmadhâraya. Dagegen
ist es nicht unwahrscheinlich, dass die neutralen dvandva ursprünglich bloss substantivirte bahuvrîhi sind, wie z. b. das
griechische *νυχϑήμερον* »tag und nacht« gewiss ursprünglich

neutra von mutirten compositis anzuseben. Hinsichtlich des accents ist zu
bemerken, dass oxytonirte bahuvrîhi, besonders mit einer partikel im
1. gliede, nicht selten sind. Wenn aber bei den avyayîbhâva die oxytonirung consequent durchgeführt wird, so ist dabei wohl auch ein
streben nach formeller scheidung der adverbia von den adjectiven mit im
spiele. Man beachte, dass es auch im Griech. eine reihe von adverbien
giebt, die im gegensatz zu dem adj., von dem sie stammen, oxytonirt sind,
so z. b. *αὐϑημερόν* von *αὐϑήμερος* (cf. Herodiani technici reliquiae, coll.
A. Lentz, I, s. 491, 1 und 509, 20); *ἀμαχεί* von *ἄμαχος, ἀϑεεί* von *ἄϑεος,
τριστοιχί* von *τρίστοιχος* u. dgl. —
   Die sogenannten dvigu sind, wie ich glaube, substantivirte bahuvrîhi
(also mutata). Ein wort wie das griech. *πένταϑλον* = »fünfkampf« hat
man doch gewiss auf ein mutatum *πένταϑλος* = »die fünf kämpfe in sich
fassend, aus fünf kämpfen bestehend« zurück zu führen, ebenso wie das
substantiv *τρίγωνον* »dreieck« zweifellos nur substantivirtes neutrum des
mutatum *τρίγωνος* »dreieckig« ist. In gleicher weise kommt das subst.
τετράγωνον »viereck« von dem mut. *τετράγωνος; τέϑριππον* »viergespann«
von dem mut. *τέϑριππος* »vierspännig, mit vier pferden versehen«; *πεντώ-
βολον* »ein fünfobolenstück« von dem mut. *πεντώβολος* »fünf obolen werth«;
das subst. *τρίμετρον* von dem mut. *τρίμετρος* u. s. w. Ganz in derselben
weise ist das sanskritische dvigu *pañcarâtrá* n. = »zeitraum von fünf
nächten (tagen)« bloss substantivirtes neutrum von dem wirklich existirenden
mutatum *pañcarâtrá* = »5 nächte (tage) während«; *trirâtrá* n. »zeitraum
von drei nächten« kommt zurück auf ein mut. *trirâtrá* »drei nächte lang
dauernd«. Das dvigu *caturyuga* n. »die vier weltalter« stammt von dem
mut. *caturyuga* »die vier weltalter in sich schliessend« Ragh. 10, 23. Ebenso ist das vedische *triyugá* n. »zeitraum von drei perioden oder altern«
auf ein *triyugá* »drei zeitalter umfassend« zurückzuführen. Die dvigu auf
î wären entweder als fem. von den entsprechenden bahuvrîhi's oder als
derivata mit suff. *î* anzusehen. Ein *triloka* n. steht neben *trilokî* fem. ähn-
lich wie im Griech. *πένταϑλον* neben *πενταϑλία* u. dgl.
   Einige schwierigkeit scheint der accent zu machen, da die bahuvrîhi
das 1. glied zu betonen pflegen, während die dvigu oxytonirt sind. Indessen bietet uns doch schon der Veda eine reihe von oxytonirten bahuvrîhi mit numerale im 1. gliede, allerdings fast nur mit *tri* und *dvi*, z. b,
*trikakúbh, trikaçá (káçâ), tricakrá, tripád, trivandhurá (vandhúra), trisha-
dhasthá (sadhástha), tryanîká (ánîka), tryudhán (ûdhan), tripastyá, tripâ-
jasyá, tripṛshthá, tribarhís, trimâtár, trimûrdhán, triçîrshán, dvipád, dvimâtár,
dvivartaní, caturakshá, shaḍakshá, sahasrâkshá* u. a. Von derartig oxytonirten bahuvrîhi's sind aller wahrscheinlichkeit nach die dvigu aus-
gegangen. Dabei ist es wichtig (ebenso wie für den accent der avyayîbhâva)

nur das neutrum eines bahuvrîhi νυχϑήμερος ist, welches etwa
»tag und nacht umfassend« bedeutet hätte. Vgl. übrigens form.
unterscheid. s. 219—221 (auch R. Garbe tritt dieser ansicht
bei a. a. o. s. 472). —

Mit der zeit hat sich mir die überzeugung noch mehr be-
festigt, dass nur von dem erwähnten gesichtspunkte aus eine
consequente und klare classification der composita möglich ist.
Man hat mich darauf aufmerksam gemacht, dass das princip
meiner classification sich schon im Petersburger wörterbuche
unter dem artikel tatpurusha vorfinde. Das war mir damals,
als ich meine arbeit schrieb, entgangen und hat auch nur be-
dingt seine richtigkeit, insofern dort bloss von dem unterschiede
der tatpurusha gegenüber den bahuvrîhi die rede ist, ohne dass
die übrigen compositionsklassen in betracht kommen, während
ich den erwähnten gesichtspunkt zum allgemeinen eintheilungsprincip aller composita erhoben und die möglichkeit seiner
durchführung klar zu legen versucht habe. — Auch Tobler,
Miklosich und in gewisser beziehung Justi nähern sich meiner
classification, wie ich selbst a. a. o. hervorgehoben habe; dennoch liegen wesentliche differenzen vor. Insbesondere ist bei
Justi gerade das oberste eintheilungsprincip ein anderes und,
wie ich gezeigt zu haben glaube, ein nicht haltbares. Uebrigens
kann es mir vor allem nur daran liegen, dass die von mir vertretene
classification als richtig anerkannt und angewandt wird, was
bisher doch nicht der fall gewesen ist. —

Wenden wir uns nun zu unserer eigentlichen aufgabe, der
betrachtung der accentgesetze.

Im Sanskrit, schon im Veda, gilt für die mutata die regel,
dass der accent auf der tonsilbe des 1. gliedes ruht. Aus *anyá*
und *rûpá* erhalten wir das vedische mutatum *anyárûpa* anders

---

hervorzuheben, dass die bahuvrîhi freilich in der regel das 1. glied betonen; wenn sie aber das 2. glied betonen, so tritt mit vorliebe oxytonirung
ein (vgl. auch Garbe a. a. o. s. 518, anm.), während die immutata (tatpurusha und karmadhâraya) die ursprüngliche accentuation des 2. gliedes in
der regel zu erhalten streben. Gerade die durchgängige oxytonirung scheint
mir daher eher für den ursprung der dvigu und avyayîbhâva von mutirten
als von immutirten compositis zu sprechen, so dass aus dem accent keine
schwierigkeit für unsere theorie erwächst. Ausserdem mag auch bei den
dvigu schliesslich das streben nach formeller differenzirung von den bahuvrîhi dazu mitgewirkt haben, dass die oxytonirung regel wurde (vgl. oben
die avyayîbhâva). —

gestaltet; aus *câ'ru* und *prátika* das mutatum *câ'rupratika*
schönes aussehen habend.   Nach dieser regel sind gebildet z. b.
*ugrábâhu, çúcivrata, çúcijanman, vŕshamanas, vŕddhámahas, vṛktá-
barhis, bhû'riretas, bhû'rivarpas, citráçravas, citráçocis, citráratha,
sû'ryatvac, sarpírâsuti, híranyapâni, híranyapeças, híranyavarna,
sákratu, sánîḍa, vírûpa, vívrata, çatákratu,. çatádhâra, sahásra-
bhṛshṭi, svákshatra, sváyaças* u. s. w.

Ausgenommen sind bekanntlich die composita mit *a, an*
privativum, welche oxytonirt werden, z. b. *anantá (ánta), ana-
mîvá (ámîvâ), anaçrú (áçru), anaçvá (áçva), anapnás* und viele
andere.   Oxytonirung finden wir ausserdem z. b. in *anukâmá,
anushatyá, abhisheṇá (sénâ)* geschosse richtend, *upakakshá
(káksha)* bis zur achsel reichend, *parogavyûtí (gávyûti), purorathá
(rátha), viçikhá, çitipád, çitiprshthá, vîḍupaví, vîḍupâṇí,* (neben
vîḍúpâṇi), mahâkulá (kúla), mahâgayá (gáya) u. a.   Ferner
giebt es noch ausnahmen, die nicht oxytonirt sind.   So z. b.
viele composita mit *su,* wie *sumánas, surátha, surétas, suvárṇa,
suvájra* u. s. w.   Ausserdem eine reihe von compositis mit *puru,
pṛthu, uru, ṛju, tuvi* und *dush* im 1. gliede, wie z. b. *puruvárpas,
puruvâ'ra, puruvî'ra, pururû'pa, puruvâ'ja, pṛthupárçu, ṛjuhásta,
ṛjukrátu, uruvyácas, urujráyas, tuviçúshma, durvâ'sas* u. a.

Trotz all dieser ausnahmen sind die regulär betonten mutata doch numerisch weit überwiegend. —

Die immutata mit einem substantiv im 2. gliede[1]) lassen
den accent auf der tonsylbe des 2. gliedes ruhen.   Aus *râ'jan*
und *putrá* wird z. b. *râjaputrá* »der königssohn« gebildet (von
den Açvinen gesagt), während das mutatum *râ'japutra* lautet =
»könige zu söhnen habend« (von Aditi gesagt).   Ebenso betont
ist *brahmaputrá* brahmanensohn, *pitṛyajñá* manenopfer, *brahma-
jâyâ'* brahmanenweib, *janarâ'jan, nṛpâtár, ayoddhár, devahéḍana,
hotṛshádana, martabhójana, viçpáti, rayipáti, jîvaloká, patiloká,
mahâvîrá, somapéya, hotṛvû'rya, râdhodéya, vasudéya, sushṭutí,
sumatí, durmatí, dushṭutí* (neben *dúshṭuti*) u. s. w.   Ausgenommen sind besonders die zahlreichen composita mit abstracten
auf *ti* im 2. gliede, wie z. b. *ácitti, devâhûti, sáhûti, bráhmakṛti,
havíshkṛti, vâ'jasâti, svàrshâti, pûrvápîti, sómapîti, sómasuti,*

---

[1]) Die immutata mit einem adjectiv im 2. gliede kommen weiter unten
zur besprechung.

sadhástuti, havyájushṭi, havyádâti u. s. w.; ferner *vṛshā́kapi, dróghamitra, práṇapât, ávâjin* u. s. w.

Die ausnahmen auf dem gebiete der immutata sind ausserordentlich zahlreich.

Sehen wir davon zunächst ab, so lässt sich als hauptregel für den accent der vedischen composita festhalten, dass die mutata das 1. glied zu betonen pflegen, während die substantivischen immutata dem 2. gliede seinen accent zu erhalten streben. —

Dem gegenüber gilt bei Homer sowohl für mutata als für immutata das hauptgesetz: wenn es möglich ist, wird das 1. glied des compositums betont. Man vergleiche die mutata μεγάθυμος, βαθύκολπος, κλυτόπωλος, ἀργυρόπεζα, ἀργυρότοξος, χαλκόπους, ἄποτμος, ὑπέρθυμος, ὑψίπυλος, ὑψίκομος, ἐννεάπηχυς, τρίγληνος, τρίπους u. s. w. Ferner die substantivischen immutata κυνάμυια, ποδάνιπτρον, Ὑάμπολις, ἱππόδρομος, βούβρωστις, ἀκρόπολις, ἡμίονος, εἴσοδος, Δύσπαρις u. a. Dieselbe regel gilt auch für die adjectivischen immutata, z. b. Πόδαργος, πολύϊδρις, πάμπρωτος, ἄϊδρις, ἄμβροτος, ἀμφίδασυς, ἔμπλειος u. a.

Dies ist die hauptregel für alle griechischen composita schon bei Homer. Eine bemerkenswerthe ausnahme wird später zur sprache kommen.

Die allgemeinen griechischen accentgesetze gestatten nun aber sehr häufig diese betonung des 1. gliedes nicht und es entsteht die frage: was für einen accent erhält das compositum in diesem falle? Hier gilt nun für die mutata fast ausnahmslos das gesetz: Der accent rückt so weit zurück, als es ihm überhaupt möglich ist, z. b. ἀργικέραυνος von κεραυνός; δολιχήρετμος von ἐρετμόν; καρχαρόδους von ὀδούς, ὄντος; οἰοχίτων von χιτών, ῶνος; αἰναρέτης von ἀρετή; εὐκνήμις von κνημίς, ίδος; τριγλώχιν von γλωχίς, ῖνος u. s. w.

Die beispiele für diese regel lassen sich leicht vermehren; wichtiger werden uns die ausnahmen sein.

Wir lesen in unseren Homerausgaben mehrfach νηΐ πολυκληΐδι also πολυκληΐς, ίδος »mit vielen ruderpflöcken versehen« von κληΐς, ίδος. Der eben aufgestellten regel nach müsste es πολυκλήϊς, ῖδος heissen, ebenso wie εὔκνημις, ῖδος von κνημίς, ίδος u. dgl. Diese betonung beruht wohl nur auf einem missverständniss der tradition. Die alten grammatiker schreiben nämlich vor, dass diejenigen adjectiva auf ις, welche stets fem.

gen. sind, oxytonirt werden müssten, cf. Göttling, allgemeine lehre vom accent der griechischen sprache, Jena 1835, s. 329. Da nun πολυκληΐς stets mit einem femininum *(νηῦς)* verbunden vorkommt, glaubte man es ebenfalls zum oxytonon machen zu müssen. Indess ist diese betonungsart gewiss schon mit recht von Lobeck, paral. s. 240 und 241 getadelt worden. Die regel der grammatiker bezieht sich offenbar nur auf diejenigen bildungen, deren suffix von natur femininen charakter hat, nicht auf solche, welche zufällig nur mit einem femininum verbunden vorkommen. Z. b. εὐπλοκαμίς, ΐδος wird mit recht oxytonirt; es ist dies gar keine zusammensetzung von εὐ und einem worte πλοκαμίς, sondern einfach das femininum zu εὐπλόκαμος, gebildet durch das fem. suff. ῑδ, welches den accent auf sich zieht. In ἐπιγουνίς, ίδος »der oberschenkel« liegt speciell feminines suffix ιδ vor; es ist dies ein substantivirtes femininum oder derivatum von einem adjectiv ἐπίγουνος u. s. w. Das speciell feminine ῑδ finden wir z. b. in χειρῑδ- handschuh von χείρ, κνημῑδ- von κνήμη, ψηφῑδ- von ψῆφος u. dgl.; speciell feminines ιδ in νυκτερίδ- fledermaus, παλλακίδ- kebsweib, ἡμερίδ- veredelter weinstock, πηγυλίδ- eiskalt u. a. (cf. Leo Meyer, vergleichende grammatik II, s. 559 fll.). Dagegen in πολυκληῑδ- gehört das suffix ῑδ dem substantiv κληῑδ- an und kann in der composition keineswegs speciell femininen charakter haben, ebensowenig wie das ῑδ in εὐκνήμῑδ- von κνημίς, ΐδος; daher Lobeck, paral. s. 241 mit recht behauptet, man hätte sicher auch δόμος πολυκλήῑς sagen können. Die neueren ausgaben schwanken in der betonung. Dindorf liest Od. 8, 161 und 20, 382 πολυκληῑδι, dagegen Il. 7, 88 und 8, 239 πολυκλήϊδι, Il. 2, 74 und 175 und 13, 742 πολυκλήϊσι, eine inconsequenz, die gewiss nicht zu rechtfertigen ist. Ganz ebenso inconsequent wie Dindorf betont La Roche. Bei Nauck finden wir Od. 8, 161 und 20, 382 πολυκληῑδι; bei Faesi Od. 20, 382 und Il. 7, 88 πολυκλήϊδι, Il. 2, 74 und 175 und 13, 742 πολυκλήϊσι. Bekker schreibt consequent πολυκλήϊς. Ebenso dürfte nicht εὐκληΐς, sondern nur εὐκλήϊς betont werden. Doch lesen Bekker, Dindorf u. a. an der einzigen stelle, wo das wort vorkommt, Il. 24, 318 jetzt mit trennung ἐὺ κληῑσ'; La Roche und Faesi, welche nicht trennen, betonen richtig εὐκλήϊς.

Ebenso wie das speciell feminine ῑδ und ιδ haben wir ein speciell feminines suffix αδ, welches ebenfalls den accent auf

sich zieht, z. b. in χαμαιευνάς, άδος als femininum zu χαμαιεύνης
und ἐπιδιφριάς, άδος als fem. bildung zu ἐπιδίφριος. Man
vergleiche das suffix in Πηλιάς, άδος vom berge Πήλιον stam-
mend (μελίη Il. 16, 143 und 19, 390); in γενειάδ- barthaar am
kinn von γένειον, δεκάδ- von δέκα u. dgl. Also χαμαιευνάς
und ἐπιδιφριάς sind keine ausnahmen von der regel, sondern
als derivata von regulär betonten compositis zu betrachten. —
Dagegen anderer art ist πολυδειράς, άδος vielgipflig von δειράς,
άδος der gipfel; es ist beiwort des Olympos, also gerade masc.;
der regel nach müsste es πολύδειρας, δος heissen. Ist die
tradition richtig, so bleibt nichts übrig, als hier eine vereinzelte
ausnahme zu constatiren, bei welcher wohl falsche analogie der
oxytona auf άδ mitgewirkt hat. —

Eine ausnahme von der hauptregel scheinen ferner
mehrere feminina auf ωπιδ zu bilden, z. b. βοῶπις müsste
eigentlich βόωπις, γλαυκῶπις eigentlich γλαύκωπις lauten. Dasselbe gilt für αἰλῶπις, βλοσυρῶπις, κυνῶπις; nach dieser analogie accentuiren wir mit recht ferner ἑλικῶπις, εὐῶπις, Ἐριῶπις,
κυανῶπις, für die sich aus den mir bekannten stellen die sedes
des accents nicht sicher erschliessen lässt. Den schlüssel zur
erklärung dieser scheinbaren ausnahme bietet, wie ich glaube,
das masculinum κυνώπης, dessen vocativ κυνῶπα Il. 1, 159 ge-
lesen wird. Also κυνῶπις ist fem. zu κυνώπης und offenbar
hat das fem. hier einfach den accent auf derjenigen sylbe bewahrt, wo ihn das masc. trägt. Ebenso wären die andern zu
erklären, βοῶπις als fem. zu einem βοώπης u. s. w.

Unerklärt bleibt mir εἰσωπός ansichtig, im angesicht habend,
das gegen die hauptregel verstösst, nur Il. 15, 653 εἰσωποὶ
δ' ἐγένοντο νεῶν. Vergl. auch πολυωπός und aus den homerischen hymnen τερατωπός. Ihnen stehen die regelmässigen
πρόσωπον und μέτωπον gegenüber.

Dagegen dürfen die adverbia αὐτῆμαρ, ἐξῆμαρ, ἐννῆμαρ,
ποσσῆμαρ nicht angeführt werden, denn adverbia verändern
nicht selten den accent. Die nachhomerische sprache bietet
z. b. ein adverb αὐτημερόν Hdt. 6, 139, αὐθημερόν Aesch.
Thuc. Att. von einem adjectiv αὐθήμερος gemäss der vorschrift
des Herodian, vgl. Herodiani technici reliquiae, coll. A. Lentz,
bd. I, s. 491, 1 und 509, 20. Bei Homer haben wir bekanntlich τριστοιχί von τρίστοιχος, ἀσπονδί von ἄσπονδος, ἀθεεί
von ἄθεος, ἀμφαδόν und ἀμφαδά neben ἀμφάδιος u. dgl. Man

vergleiche damit die durchgängige oxytonirung der avyayîbhâva im Sanskrit, während doch die entsprechenden mutata durchaus nicht oxytonirt sein müssen. Diese beobachtungen sind für die formelle unterscheidung der redetheile von interesse. Jedenfalls aber können adverbia hier nichts beweisen.

Die hervorragendste ausnahme von der regel, dass die mutata den accent stets möglichst zurückziehen, bilden diejenigen composita, welche im 2. gliede ein neutrum auf suffix ες haben. Diese ziehen gewöhnlich den accent auf die endsylbe, z. b. δολιχεγχής, οἰνοβαρής, χαλκοβαρής, ἀλλοειδής, θεοειδής, ἠεροειδής, εὐανθής, πολυανθής, πολυβενθής, ἀγακλεής, ἀκλεής, ἀδεής, δυσμενής u. s. w. Dies ist auffällig, denn hier rückt der accent der mutata gerade der ursprünglichen betonung des 2. gliedes zum trotz ganz auf das ende, welches er doch sonst möglichst flieht. Indessen finden wir auch μεγακήτης, οὐρανομήκης, οἰέτης und einige andere, welche der regel gemäss betont sind (vgl. auch Buttmann, ausführliche griechische sprachlehre, 2. a., bd. II, s. 480 und 481). Namentlich gehören zahlreiche eigennamen hierher, z. b. Διομήδης, nicht Διομηδής; Θρασυμήδης, Εὐμήδης; Εὐάνθης gegenüber dem adjectiv εὐανθής; Ἰθαιμένης gegenüber dem adjectiv δυσμενής; ebenso Ταλαιμένης, Πυλαιμένης; Λαέρκης gegenüber dem adjectiv εὐερκής u. dgl. Da nun die nomina propria im ganzen alterthümlichen charakter tragen, so könnte man annehmen, dass sie die ursprüngliche betonung repräsentiren. Indessen ist dieser schluss nicht erlaubt, da die nomina propria im Griechischen überhaupt die tendenz zeigen, sich im accent von dem adjectiv oder substantiv, dem sie entstammen, zu differenziren, z. b. Φαῖδρος von φαιδρός, Ἰχθυς von ἰχθύς, Ξάνθος von ξανθός, Σωζομενός von σωζόμενος u. dgl. Man vergleiche hiezu namentlich Lehrs, de Aristarchi studiis homericis, s. 273 fll.[1]). Möglich

---

[1]) Interessant ist es, dass auch im Sanskrit ein ähnliches streben bei dem accent der eigennamen sich geltend macht, ebenso interessant für die vergleichung des Sanskrit und Griechischen, als für die lehre von der formellen unterscheidung verschiedener wortklassen. Man vgl. darüber Pânini 6, 2, 146, wobei nur zu beachten ist, dass der terminus *samjñâ* nicht nur nomina propria, sondern auch appellativa in sich begreift. Schon in der vedischen sprache finden wir das nomen propr. *bṛhaddivâ'* neben dem adj. *bṛháddiva;* das nom. propr. *indrotá* RV. 8, 57, 15 müsste nach der regel *indrota* lauten und verdankt wohl auch den abweichenden accent seiner eigenschaft als nom. propr.

bleibt es immerhin, dass in diesem falle die nomina propria
und einige reste wie οὐρανομήκης, μεγακήτης das alte darbieten;
nur beweisen lässt sich das nicht. Der grund der erwähnten
unregelmässigkeit bei den mutatis auf ες liegt, wie ich glaube,
in einem streben, den einfachen adjectiven auf ες, wie z. b.
ψευδής, φραδής u. dgl., im accente gleich zu werden. Die
analogie der einfachen adjectiva mit demselben suffixe war in
diesem falle wirksamer, als die analogie der übrigen mutata.
Jedenfalls ist hier nicht das streben vorhanden, die ursprüngliche betonung des 2. gliedes zu bewahren, da diese durch die
oxytonirung gerade gemieden wird (vgl. die substantiva μένος,
ἔγχος, βάρος u. s. w.).

Es ist sehr zu beachten, dass sowohl im Homer, als im
Veda eine bedeutende zahl der mutata oxytonirt ist. Doch
sind es nicht dieselben bedingungen, unter welchen diese
oxytonirung eintritt. Im griechischen ist sie wesentlich auf
das suffix ες beschränkt; im Sanskrit tritt sie bei suffix *as*
durchaus nicht immer ein, dagegen bei manchen anderen
suffixen, falls *an* priv. vorhergeht, und in einigen anderen
fällen. —

Die übereinstimmung in den accentgesetzen der
vedischen und der homerischen mutata ist unver-
kennbar. Auf beiden gebieten wird in der regel das
1. glied betont; wenn dies nach den allgemeinen accentregeln im Griechischen nicht möglich ist, tritt doch
möglichste zurückziehung des accentes ein. Die wichtigste ausnahme von der regel besteht im Veda wie im Homer
in einer reihe oxytonirter bildungen, bei denen es ersichtlich
ist, dass die betonung nicht auf dem streben beruht, dem 2.
gliede seinen accent zu bewahren.

Dieses streben zeigt sich dagegen bei den immutatis, sowohl
im Sanskrit als auch im Griechischen.

Für die substantivischen immutata bei Homer gilt die
regel: wenn die accentuirung des 1. gliedes (nach der hauptregel für alle composita) nicht möglich ist, dann wird der
accent nicht, wie bei den mutatis, möglichst weit zurück
gezogen, sondern das 2. glied erhält diejenige betonung, welche
es als selbständiges wort besass. Es heisst also Παναχαιοί,
nicht Πανάχαιοι; πατροφονεύς, ἡνιοχεύς; ἀμαλλοδετήρ der

garbenbinder; μηλοβοτήρ der schafhirt; οἰνοποτήρ der weintrinker; ἱπποκορυστής, χαλκοκορυστής neben dem selbständigen κορυστής; κυνοραιστής die hundelaus; ἱππηλάτᾰ; ἐπιβουκόλος; ἁρματροχιή wagengeleise (vgl. dagegen αἰναρέτης, χαμαιεύνης); vielleicht ἀλαοσκοπιή, wenn diese betonung richtig ist; andernfalls wäre ein ἀλαοσκοπίη als derivatum von einem ἀλαοσκόπος zu betrachten; ἐπιωγαί Od. 5, 404 (vgl. ἰωγή); wohl auch ἐφορμή; das regelmässige ἐπαρή, welches nur Il. 9, 456 in der verbindung θεοὶ δ'ἐτέλειον ἐπαράς (so lesen Bekker und La Roche mit recht) vorkommt, braucht man des unregelmässigen nachhomerischen κατάρα wegen nicht in ἔπ'ἀράς zu tremen, cf. Buttmann, ausführl. griech. sprachl. bd. II, s. 481. In ὑποδμώς (nur Od. 4, 386) ist das 2. glied sogar gegen die hauptregel betont. Dasselbe ist wohl in ὁμοκλή »das zusammenrufen, schreien, schelten« der fall, wo das 2. glied aber vielleicht eine verkürzung erlitten hat; πυρκαϊή »scheiterhaufen, brandstätte« ist vielleicht substantivirtes fem. eines theoretischen adj. πυρκαϊός; ἐπιποιμήν Od. 12, 131 ist vielleicht mit Bekker und Nauck zu trennen: θεαὶ δ'ἐπὶ ποιμένες εἰσίν. Dindorf und La Roche schreiben ἐπιποιμένες. Ferner haben wir Ὑποθῆβαι Il. 2, 505, wo schon einige alte ὑπὸ Θήβας lesen wollten; doch schreiben Bekker, Dindorf, Faesi und La Roche: οἳ θ'Ὑποθήβας εἶχον. Die stelle entscheidet nur nicht für den accent des nominativs. — Aristarch und Herodian lasen endlich Il. 5, 178 ἐπιμῆνις, wo· auch mit verletzung der hauptregel das 2. wort seinen accent gewahrt hätte. Bekker schrieb die worte getrennt nach dem vorgange anderer alter grammatiker, so auch Dindorf, Faesi und La Roche: χαλεπὴ δὲ θεοῦ ἔπι μῆνις (cf. auch Lentz, Herodiani technici reliquiae, praef. s. 50).

Die immutata mit einem substantiv im 2. gliede sind bei Homer viel seltener, als die mutata; indessen scheint die oben aufgestellte regel fast ausnahmslos zu gelten.

Als vollwiegende ausnahme lässt sich μητροπάτωρ Il. 11, 224 nicht gut anführen, da das schlussglied sein suffix geändert hat; für τερ ist τορ eingetreten, welches die oxytonirung meidet, vgl. κοσμήτωρ, σημάντωρ, ἴστωρ, ἀμύντωρ u. dgl.; s. Leo Meyer, vergleich. gramm. II, s. 340 und 341. —

Λευκοθέη ist wohl als fem. zu einem Λευκόθεος zu fassen (cf. ἡμίθεος); läge direkte immutirte composition vor, so müssten wir die form ϑεά erwarten, da das wort auch bei Homer stets so lautet. Ebenso sind Εἰδοϑέη und Ἀμφιϑέη zu erklären.

Am wenigsten aber darf man ἱστοδόκη mastbehälter und δουροδόκη speerbehälter hier anführen. Dies sind nur substantivirte feminina von adjectiven wie ἱστοδόκος mastaufnehmend, δουροδόκος speeraufnehmend (vgl. die adj. ἰοδόκος, ξεινοδόκος); ebenso wie Κυμοδόκη, der name einer Nereide, eigentlich »die wogenaufnehmende« oder »von den wogen aufgenommene« (vgl. Εὐρυνόμη neben Εὐρύνομος, Ἀμφινόμη neben Ἀμφίνομος). In gleicher weise sind die nachhomerischen καπνοδόκη, οἰνοχόη zu erklären, nicht wie Buttmann a. a. o. II, s. 475 und 482 will, weil sie den abstrakten sinn verlassen hätten; sie haben vielmehr nie abstrakten sinn gehabt. —

Da die immutata im Homer wenig zahlreich sind, wird es gut sein, auch die nachhomerische sprache zu berücksichtigen. Hier finden wir nun in gewissen fällen ein streben nach möglichster zurückziehung des accents. So weit ich beobachtet habe, hängt dies wesentlich von dem suffixe des schlussgliedes ab; αἰετός der adler, aber bei Aristot. h. a. 9, 32 u. a. ἁλιαίετος meeradler; ferner μελαναίετος, ὑπαίετος ebenfalls Aristot. h. a. 9, 32; βυρσαίετος lederadler Aristoph. Eq. 197. 203. 209; γρυπαίετος Aristoph. Ran. 929; στρατηγός, aber ἀντιστράτηγος Thuc. 7, 86, Polyb., Plut. u. a.; ὑποστράτηγος Xen. An. 3, 1, 32, Dion. H., Dio Cass.; συστράτηγος Xen. An. 2, 6, 29; λοχαγός, aber ὑπολόχαγος Xen. An. 5, 2, 13 [1]); γεωργός, aber συγγέωργος Aristoph. Plut. 223; οὐραῖον, aber τὰ ἱππούραια Arat. 438; ὀδούς, aber κυνόδους Aristot. h. a. 6, 20 u. ö. Xen. de re eq. 6, 8, Galen. öfter; λυκόδοντες; ἀδελφός, aber πατράδελφος Dem. p. 1084, ψευδάδελφος N. T. 2. Cor. 11, 26. Gal. 2, 4; ἰατρός, aber λογίατρος Galen., ἀνίατρος Hipp. (nach Passow), dagegen ἱππιατρός und ἀρχιατρός nach Arcad. p. 86, 19; ἀρά, aber κατάρα Aesch. Sept. 706 (ed. G. Hermann), Eur. Hec. 945, El. 1324 u. a.; εὐνή, aber χαμεύνη Eur. Rhes. 9 u. a.; ποιμήν, aber βουποίμην Anth., πρωτοποίμην Byz. (nach Passow) gegenüber dem homerischen ἐπιποιμήν; ob der nominativ αἰνο-

---

[1]) Einige herausgeber freilich oxytoniren ὑποστρατηγός, συστρατηγός, ὑπολοχαγός an den angeführten stellen bei Xen. Ich bin nicht in der lage gewesen, mir für diejenigen fälle, wo lexica und herausg. schwanken, über die handschriftliche überlieferung ein urtheil zu bilden. —

πάτηρ wirklich anzusetzen ist, bleibt zweifelhaft, da das wort nur Aesch. Choëph. 313 im vocativ αἰνοπάτερ vorkommt.

Von einigen fällen abgesehen, haben wir hier im 2. gliede wörter, deren suffix *o* ist, oder doch auf *o* endigt.

Für die meisten suffixe gilt aber auch in der nachhomerischen sprache die regel, dass das 2. glied seine ursprüngliche betonung bewahrt [1]). Zunächst lassen sich die composita auf suffix τᾱ oder τη anführen, wie z. b. das bekannte παιδεραστής, ferner δημεραστής Plat. Alc. 1. p. 132. A. und andere auf -εραστής; μετεωροσοφιστής Aristoph. Nub. 360; πρωταγωνιστής Aristot. poet. 4, 14 (ed. vulg.), Luc. cal. 7, Clearch. bei Ath. p. 257 u. a.; πεζακοντιστής Pol. 3, 65, 10. 73, 3; ebenso ἱππακοντιστής u. a. Ferner mit suff. ευ z. b. ἱστοβοεύς Hes. op. 429; συνιππεύς Dem. p. 558, Poll. 6, 158; ῥυταγωγεύς Xen. de re eq. 7, 1 und Poll. 10, 55; μεσοβασιλεύς Dion. H. Plut. (nach Passow). Ferner die feminina, welche auf ᾱ, η ausgehen, oder deren suffix darauf endigt, z. b. das häufige παρασκευή; auch ἀντιπαρασκευή Thuc. 1, 141; ἀντιδωρεά Aristot.; αὐτογραμμή Aristot. metaph. 6, 11. Eine ausnahme bildet κατάρα Aesch. Eur. u. a., dem gegenüber Homer ἐπαρή zeigt; χαμεύνη Eur. Bei suffix ιδ und ῑδ behält gleichfalls das 2. glied seinen ursprünglichen accent, z. b. πρωκτοπεντετηρίς Aristoph. Eirene 876; προκνημίς Pol. 6, 23, 8 und Polyaen. 6, 4, 2; θηλυπτερίς Diosc. Theophr. (nach Passow). Bei suffix ειο (ήιο) in παρασημεῖον nachgefälschtes zeichen Plat. com. bei Poll. 10, 24; νεκυομαντήιον Hdt. 5, 92, 7, bei anderen in der form νεκυομαντεῖον. Bei suffix ον und ων in ἱππαλεκτρυών Aristoph. Eirene 1177, Av. 800; Ζηνοποσειδῶν Machon bei Ath. 8. p. 337; ebenso wohl Ποντοποσειδῶν, das aber nur Aristoph. Plut. 1050 im voc. vorkommt; ὀπισθοχειμών Hipp. p. 50, 25. 942, 9. Auch προαγών muss wohl oxytonirt werden; die überlieferung schwankt hinsichtlich des accentes, vgl. darüber Lobeck, paral. p. 201 und 545, Arcad. 10, 20. — Endlich ist noch hervor zu heben, dass auch bei denjenigen wörtern, die auf *o* ausgehen,

---

[1]) Ich muss bemerken, dass mir für die nachhomerische sprache keine vollständigen materialsammlungen zu gebote stehen. Berichtigungen im einzelnen muss ich daher erwarten. Der hauptsache nach wird aber wohl die hier aufgestellte regel bestehen bleiben; sie kann vielleicht als fingerzeig dienen, wo die handschriftliche überlieferung unsicher und schwankend ist. —

durchaus nicht immer die accentzurückziehung eintritt, z. b.
ὀρειπελαργός Aristot. h. a. 9, 32; ἱπποβουκόλος Eur. Phoen. 28;
πατραδελφεός Pind. Isthm. 8 (7), 145 (vgl. πατράδελφος bei
Dem. u. a.). Manche composita sind in ihrer betonung nicht
sicher zu bestimmen und die verschiedenen ausgaben und
lexica bieten daher mehrfach schwankungen dar. Auf eine
untersuchung dieser einzelheiten kann ich hier nicht eingehen;
es genügt, wenn wir im allgemeinen die regel feststellen können,
dass in der nachhomerischen sprache diejenigen substantivischen
immutata, welche auf *o* ausgehen, eine neigung zu möglichster
accentzurückziehung verrathen, während bei den meisten anderen
suffixen das schlussglied seinen ursprünglichen accent bewahrt [1]). —

Wir sehen also, dass im Griechischen die betonung der
substantivischen immutata in einer gewissen abhängigkeit von
dem suffixe des schlussgliedes zu stehen scheint. Eine analoge
erscheinung lässt sich nun auch im vedischen Sanskrit wahrnehmen. Insbesondere sieht man dies deutlich an den zahlreichen immutirten compositis, deren schlussglied ein abstractum
auf *ti* ist; diese betonen durchaus in der regel das 1. glied,
z. b. *deváhûti, pûrvápîti, sómapîti, vấjasâti* und viele andere
(vgl. s. 5). Geht dagegen das schliessende substantiv auf *ana,
ya, tar, a* u. a. aus, so pflegt der accent auf dem 2. gliede zu
ruhen, z. b. *devahéḍana, hotṛshádana, martabhójana, somapéya,
ahihátya, ratnadhéya, nṛpâtár, ayoddhár, aviçastár, haskartár,
pitṛyajñá* u. dgl.

Ganz analog ist im Griechischen wie im Sanskrit der einfluss derselben suffixe auf die betonung derjenigen bildungen,
welche als derivata von einem mit der präposition zusammen-
gesetzten verbum stammen (also nicht eigentlich composita,
sondern decomposita sind). Wir finden auch hier bei suff. εν,
ᾱ und η, τηρ (entsprechend dem τᾱ, τη), sanskr. *tar, ana, ya*
u. a. den schlusstheil betont, während z. b. bei suff. *ti* (griech.
σι) u. a. die präposition betont wird. Suff. εν haben wir z. b.
in dem homerischen ἀπερωεύς der verhinderer von ἀπερωέω;
ἀμφιφορεύς u. dgl.; suff. ᾱ, η in ἐπαοιδή von ἐπαείδω, προχοή

---

[1]) Vgl. übrigens Göttling, allgemeine lehre vom accent der griechischen
sprache, s. 279 fll.

von προχέω, προδοκή der anstand auf der jagd von προδέχομαι¹);
suff. τηρ in ἐπακτήρ der jäger von ἐπάγω, ὑποδρηστήρ der
diener von ὑποδράω, ἀπολυμαντήρ der vertilger, διοπτήρ der
späher, kundschafter u. dgl. Diesen letzteren entsprechen im
Veda die composita auf *tar*, welche in dem gleichen falle auch
oxytonirt werden, z. b. *prayantár* der darreicher von *yam* mit
prá; *praṇetár* der leiter von *nî* mit *prá*; *apavaktár* der unter-
sager, abwehrer von *vac* mit *ápa*; *apabhartár* der wegnehmer
von *bhar* mit *ápa*; *abhikshattár* der zutheiler, *abhikhyâtár* der
beschauer u. dgl. Suff. *ana* z. b. in *upastárana* die decke,
upapárcana die beimischung, *udáyana* der aufgang, *adhimán-
thana*, *adhivikártana*, *adhishṭhâ'na* u. dgl. Suff. *ya* z. b. in
upasthâ'ya das herantreten u. s. w. Dagegen bei den zahlreichen
bildungen mit einem abstractum auf *ti* im 2. gliede wird durchaus die präposition betont, während diese abstracta auf *ti* als
selbständige wörter oft genug gleich denen auf *tar* oxytona
sind; z. b. *abhíbhûti* die übermacht von *bhû* mit *abhí* (vgl. *bhûtí*),
úpastuti die anrufung von *stu* mit *úpa* (*stutí*), *ánushṭuti* der
lobgesang, *práçasti* der preis (*çastí*), *átimati* der übermuth
(*matí*), *ánumati* die zustimmung, *prámati* die fürsorge, *práṇîti*
gegenüber *praṇetár*, *práyati* die darreichung gegenüber *prayantár*,
úpeti, *úpaçruti* u. s. w. Die entsprechenden bildungen im
Griechischen müssen (nach der hauptregel) ebenfalls die
präposition betonen, z. b. ἀνάπνευσις das aufathmen von ἀνα-
πνέω, ἀνάβλησις der aufschub von ἀναβάλλω, ἔκβασις von
ἐκβαίνω, ἔκλησις das vergessen, πρόβασις, ὑπόσχεσις u. dgl.
Ebenso müssen im Griechischen die bildungen mit neutralem
suffix ματ die präposition betonen, z. b. ὑπόδημα die sohle,
sandale von ὑποδέω, κατάπαυμα die ruhe, beruhigung von
καταπαύω, ἐπίθημα der deckel u. dgl. Dem suffix ματ ent-
spricht im Sanskrit neutrales *man* (wie lat. *men*) und wenn ähn-
liche composita auch im Veda nicht häufig sind, so lassen sich
doch einige und zwar mit entsprechender betonung der präposition, nicht des schlussgliedes, anführen, z. b. *prábharman* das

---

¹) Die derivata auf *ā̆*, *η* sind wohl als feminina zu masculinis wie
saṃgamá »das zusammentreffen, die schlacht, auch die festliche zusammen-
kunft«, *parikroçá* der schmäher (von *kruç* mit *pári*), *prabhaṅgá* der zer-
brecher, zermalmer, *pramṛṇá* zerstörend, vernichtend, *prabhavá* sich aus-
zeichnend u. dgl. anzusehen. Den bildungen auf *ιν* lässt sich leider nichts
genau im Veda vergleichen.

vorsetzen, vortragen von *bhar* mit *prá; práyâman* das vorgehen,
vorfahren von *yâ* mit *prá*; *vígâman* der schritt. Wir sehen
also bei denjenigen von diesen suffixen, welche das Sanskrit
und Griechische mit einander gemein haben, auch eine übereinstimmung im accent der betreffenden bildungen; so bei *tar* und
τηρ, ti und *σι, ματ* und *man; ā, η* war als fem. zu sanskr. *a*
anzusehen. —

Ueberschauen wir alles, was wir auf dem gebiete der immutata mit einem substantiv im 2. gliede beobachtet haben, so
kommen wir zu folgendem resultat:

Im Veda zeigen die composita dieser classe das streben,
dem 2. gliede seinen accent zu wahren, doch sind die ausnahmen von dieser regel sehr zahlreich; insbesondere betonen
die composita mit einem abstractum auf *ti* im schlussgliede fast
immer das 1. glied, während bei wörtern, die auf *ana, ya, tar,
a* u. a. ausgehen, meist die hauptregel beobachtet wird. —
Auch im Homer finden wir deutlich das streben, dem 2. gliede
seinen ursprünglichen accent zu wahren; dies streben kann
aber nur dann hervortreten, wenn es nicht möglich ist, nach
der hauptregel das 1. glied zu betonen (im gegensatz dazu
zogen die mutata auch in diesem falle den accent möglichst
weit zurück). In der nachhomerischen sprache zeigt sich eine
neigung zu möglichster accentzurückziehung bei denjenigen substantivischen immutata, deren 2. glied auf *o* ausgeht, während
bei den meisten anderen suffixen (*τη, τā, εν, η* und *ā, ιδ* und
ιδ, ων und *ον, ειο* u. a.) auch hier das schlussglied seine betonung zu erhalten strebt.

In beiden sprachen zeigt sich also die tendenz,
dem schlussgliede seinen accent zu erhalten; in beiden
sprachen ist diese tendenz stark gestört, wenn auch
durch andere verhältnisse; in beiden sprachen hat
das suffix des schlussgliedes auf die betonung des
compositums einen einfluss und in beiden sprachen
erstreckt sich dieser einfluss auch auf die vom componirten verbum stammenden derivata.

Es bleibt uns nun noch übrig, die immutata mit einem
adjectiv im 2. gliede zu betrachten.

Diese sind bei Homer wenig zahlreich; dennoch wird man
aus dem vorhandenen material schliessen können, dass die
neigung, den accent stets möglichst zurück zu ziehen, in dieser

compositionsclasse sich streitet mit der neigung, dem 2. gliede seinen ursprünglichen accent zu wahren. Zunächst führe ich einige adjectiva an, bei denen das 2. glied seine ursprüngliche betonung erhalten hat, und zwar sind die auf ος fast immer adjective dreier endung, haben also auch hierin den ursprünglichen charakter des 2. gliedes bewahrt, z. b. ἐναντίος 3 (ἀντίος), nicht ἐνάντιος (vgl. auch das adv. κατεναντίον); ἐπαινός 3 furchtbar (αἰνός), sogar mit verletzung der hauptregel; ebenso δαφοινός blutroth (φοινός); ebenso ἀβληχρός 3 zart, schwach; wohl auch ἀπτήν, ῆνος noch nicht flügge (νεοσσός), dessen 2. glied wohl aus πτηνός verstümmelt ist [1]). Weniger wichtig sind προπρηνής, καταπρηνής, da ja auch die mutata auf ες oxytona sind. Endlich haben wir in einigen compositis als schlussglieder κλεϊτός und κλυτός, welche durchaus als adjectiva in dem sinne »berühmt«, nicht mehr als participia perf. pass. zu fassen sind. Besonders wichtig ist ἀγακλεϊτός 3, da hier an eine getrennte schreibung beider glieder nicht gedacht werden kann. (Man vergleiche hinsichtlich des accentes auch Lobeck, paral. s. 457 und die ausgaben von Bekker, Dindorf, Nauck, Faesi und La Roche). Daneben ἀγακλυτός, wohl im anschluss an ἀγακλειτός mit verletzung der hauptregel, welche bei denen auf κλειτός gewahrt bleibt, da κλεϊτός die ältere form ist. Ferner τηλεκλεϊτός, τηλεκλυτός; περικλυτός; ναυσικλεϊτός nur Od. 6, 22 (ναυσικλεϊτοῖο Δύμαντος); ναυσικλυτός, beiwort der Phäaken, wird von Dindorf Od. 7, 39 oxytonirt ναυσικλυτοί, dagegen liest er Od. 8, 191, sowie 13, 166 und 15, 415 ναυσίκλυτοι; ganz ebenso Nauck und La Roche, während Bekker consequent ναυσίκλυτοι schreibt. Richtig aber wäre nach der analogie von ἀγακλυτός, τηλεκλυτός, περικλυτός, ναυσικλεϊτός offenbar nur, consequent ναυσικλυτός zu schreiben. Dass man ναυσικλυτος in éin wort schreiben müsse, war auch Herodian's ansicht (cf. Lentz, Herodiani technici reliq. praef. s. 48), weil der dativ plur. bei Homer νηυσί ●der νέεσσι laute, während er getrennt δουρὶ κλυτός schreiben will, da er composita mit dem dativ verwirft. Vgl. aber eigennamen wie Ἀρήλυκος, Ἀρήϊθοος, Διίφιλος u. dgl., auch Bekker, Homer. blätter I, s. 180. Auch La Roche trennt, während Bekker, Nauck, Dindorf und Faesi

---

[1]) καταριγηλός ist wohl direkte ableitung von dem mit der präposition componirten verbum ῥιγέω.

δουρικλειτός, δουρικλυτός lesen. Ist die schreibung in ein wort nicht nothwendig, so ist sie doch gewiss correct und den erstangeführten compositis auf κλειτός, κλυτός analog. Der analogie nach müsste ferner Il. 22, 51 ὀνομακλυτός betont werden, wie auch die lexica von Damm-Rost und Passow schreiben. Doch finden wir gewöhnlich ὀνομάκλυτος betont; so bei Dindorf, Bekker, Faesi, La Roche. Die betonung muss sich nach der analogie der übrigen composita auf κλυτός, nicht etwa nach derjenigen von Ὀνομάκριτος richten (cf. Lobeck, paral. s. 457). Indessen ist es für uns hier das wichtigste, zu wissen, dass jedenfalls einige sichere oxytona auf κλεϊτός, κλυτός bei Homer vorhanden sind. Endlich sei noch das adv. ἐπισμυγερῶς angeführt, von einem adj. ἐπισμυγερός, das später z. b. bei Hesiod vorkommt.

Es giebt nun aber auch eine reihe von compositis, in denen das schliessende adjectiv seinen accent nicht bewahrt, sondern möglichst zurückzieht, z. b. πανάπαλος neben ἀπαλός, ἄεκων neben ἑκών, μεσαιπόλιος neben πολιός, παμποίκιλος neben ποικίλος, παναίολος neben αἰόλος; wohl auch ἱπποδάσεια (δασεῖα).

Wir finden also bei den homerischen immutatis mit eigentlichem adjectiv im 2. gliede theils den accent des schlussgliedes bewahrt, theils möglichste zurückziehung des accentes.

Dagegen ist die accentzurückziehung so gut wie ausnahmslos durchgeführt bei den sehr zahlreichen compositis mit einem participium auf το im 2. gliede. Die participia auf το sind bekanntlich oxytona, z. b. ποιητός, κοσμητός, ἀγαπητός, ὀρυκτός u. s. w. (cf. Leo Meyer, vergl. gramm. II, s. 304); dagegen im compositum so gut wie nie, z. b. πολυάρητος (gegenüber ἀρητός), ἐπήρατος und πολυήρατος (gegenüber ἐρατός), εὐποίητος, αὐτοδίδακτος, ἀτέλεστος, ὀψιτέλεστος, αἱμοφόρυκτος, ἀτάρβητος, ἀτελεύτητος, ἀτίμητος, ἀδάκρυτος und πολυδάκρυτος, ἀδέψητος, ἀδήριτος, ἀκράαντος, ἀκόρητος, ἀμέτρητος, ἀπύρθητος, ἀμώμητος, ἀριδείκετος, ἀχάριστος, εὐκέατος, παλινάγρετος u. dgl.[1]).

---

[1]) κλεϊτός, κλυτός sind bereits eigentliche adjectiva in dem sinne »berühmt«; dagegen hat πρόκλυτος Il. 20, 204 den accent der participia; es heisst »früher gehört« in verbindung mit ἔπεα. Il. 9, 343 müsste man mit Passow und Lobeck, paral. s. 456 δουρικτήτην betonen, nicht δουρικτητήν, wie Bekker, Dindorf, Faesi und La Roche thun. Doch ist es besser, die worte zu trennen, da die participia auf το in der composition zweier

Da das material der homerischen sprache für immutata
mit eigentlichem adjectiv im 2. gliede so dürftig ist, müssen
wir dafür auch die nachhomerische sprache zu rathe ziehen.
Die traditionelle grammatik stellt accentzurückziehung als regel
auf, gestattet aber auch in vielen fällen beibehaltung des ursprünglichen accentes, namentlich wenn das compositum ein
adjectivum dreier endungen bleibt. Da nun aber feste regeln
über diesen punkt noch nicht existiren, können wir nichts
sicheres über den accent aussagen, und hat man sich hier zunächst wohl an sorgfältige beobachtung der überlieferung zu
halten. Vgl. Buttmann, ausführliche griech, sprachl. I, s. 241
und II, s. 483.

Als beispiele für die accentzurückziehung führe ich an
πανάγαϑος Plat. ep. 8. p. 354. E. u. a.; παμπόνηρος Aristoph.
Eq. 415, Plat. rep. 6. p. 489. D., Poll. 6, 162; ἡμιπόνηρος
Aristot. pol. 5, 9, eth. 7, 11; μικροπόνηρος Aristot. pol. 4, 9;
μεγαλοπόνηρος Aristot. pol. 4, 9; παμμίαρος Aristoph. Ran. 466,
Eirene 183, Poll. 6, 162 und 8, 134; παμπάλαιος Plat. Theaet.
p. 181. B. Poll. 9, 18 und 6, 162 u. a.; παγχάλεπος Xen. An.
5, 2, 20. 7, 5, 16; ἡμιμόχϑηρος Plat. rep. 1. p. 352. C.;
ποικιλέρυϑρος Aristot. bei Ath. 7. p. 327 a. e.; ὑπέρυϑρος
Thuc. 2, 49, 5. Plat. rep. 10. p. 617. A. u. a.; ἀνίερος Plat.
rep. 5. p. 461. B. Eur. Hipp. 147. Aesch. Ag. 738 und Suppl.
727 (ed. G. Hermann); ἀπίϑανος Attiker von Xen. an; ὑπερί-

---

endungen zu sein pflegen. — Einige scheinbare ausnahmen von der regel
für die participia auf το sind als direkte ableitungen von dem mit der
präposition componirten verbum zu betrachten, wie παραρρητός, καταϑνητός. — Aus βουλυτόνδε könnte man ein homerisches βουλυτός = »das
stierausspannen« erschliessen. Dies käme aber schon darum hier nicht
vollwiegend in betracht, weil der charakter des participiums perf. pass.
jedenfalls verdunkelt ist. Vielleicht dürfen wir aber auch ein homerisches
βουλυτός gar nicht ansetzen. Das selbständige wort müsste nach homerischen regeln βούλυτος betont sein und demgemäss wäre βούλυτόνδε zu
schreiben nach analogie von ἤπειρόνδε, ϑαλαμόνδε von ἤπειρος, ϑάλαμος.
Bekker hat dadurch übereinstimmung erzielt, dass er alle diese formen
paroxytonirt, ebenso wie βουλυτόνδε auch ἠπειρόνδε, ϑαλαμόνδε, indess
sicher mit unrecht, da wir hier ohne zweifel bloss accusative haben, welche
mit enclitischem δε verschmolzen sind. Das nachhomerische βουλυτός bei
Aristoph. Av. 1500, Ap. Rh. 3, 1342, Luc. Arr. u. a. dürfte wohl erst aus
dem homerischen worte entnommen sein und wird vielleicht nur mit unrecht oxytonirt. —

σχυρος Aristot. pol. 4, 9. Xen. Cyr. 5, 2, 2; ἀγχώμαλος Thuc. 7, 71; ἀνίσχυρος u. dgl. —

Dagegen lassen sich auch eine reihe composita anführen, wo keine zurückziehung des accentes stattgefunden hat, z. b. ὑποχαροπός Xen. de venat. 5, 23 u. a., ἐπικαμπύλος h. Hom. Merc. 90, παμμυσαρός Aristoph. Lys. 969, ἐπισμυγερός Hes. sc. 264, Ap. Rh. 4, 1065 (das adv. ἐπισμυγερῶς schon Od. 3, 195 und 4, 672), διαμυδαλέος Aesch. Pers. 538, διατινθαλέος Aristoph. Vesp. 328, παγγλυκερός Aristoph. Lys. 970, παμβδελυρός Aristoph. Lys. 969. Eccl. 1043 (dagegen τρισβδέλυρος Suid. t. 1. p. 602); μεσοπερσικός Poll. 7, 94, Hesych., ὑπεραττικός Luc. u. dgl.

Wir sehen also, dass bei den immutatis mit eigentlichem adjectiv im 2. gliede zwar die accentzurückziehung häufig eintritt, aber auch nicht selten das 2. glied seinen ursprünglichen accent bewahrt, ohne dass wir schon feste regeln über dies verhältniss geben könnten. Dagegen zeigt schon die homerische sprache bei den compositis mit participien auf *to* im 2. gliede so gut wie ausnahmslos die zurückziehung des accentes. —

Vergleichen wir nun die composita im Veda, so finden wir zwar in einer reihe von fällen das schlussglied betont, z. b. in *purudasmá, purupriyá, purumandrá, puruçcandrá*[1]), *mahâmahá, dakshasâ'dhana, gayasâ'dhana, devamâ'dana, dyumnavárdhana, suçcandrá, suçéva, suprácetas, suprâvî', asatyá, açrîrá* u. a.; in der regel aber wird das 1. glied betont, z. b. *dâ'nucitra, áçvaçcandra, tanú'çubhra, yajñádhîra, góbandhu, górabhasa, devájâmi, devábandhu, sâ'mavipra, sómajâmi, satyámugra, sváçcandra, háriçcandra, súbhadra, súmahat, súvipra, súçiçvi, sámmiçla, satóvîra, satómahat, púnarnava, nímiçla, vícarshaṇi, víjâmi, vírudra, vísadṛça*; besonders zahlreich sind die composita mit *a, an* priv., die ebenfalls das 1. glied betonen, z. b. *ádabhra, áchidra, átṛdila, ákavi, ánṛju, ájasra, ájâmi, átandra, ádhîra, ánagna, ánaçvadâ, ánâbhû, ánûna, ápracetas, ámûra, ámartya, ámṛdhra* u. s. w. Vor allem aber, und das ist für die vergleichung von grösster bedeutung, gilt diese betonungsart, welche der der mutata gleich ist, als feste regel von den in grosser anzahl vorhandenen

---

¹) Man erinnere sich aber bei diesen compp. mit *puru* daran, dass auch die mutata mit *puru* im 1. gliede mit vorliebe das schlussglied betonten.

immutatis, welche ein participium auf *ta* im 2. gliede haben,
z. b. *devákṛta, devájûta, devájâta, devájushṭa, devábhakta, deváyukta, devávâta, deváçishṭa, deváhita, ádrijûta, ádridugdha, ádrishuta, áçveshita, índrajûta, índraprasûta, índratvota, índradvishṭa, gábhastipûta, gójâta, góçrîta, cánohita, nṛdhûta, nṛshûta, bráhmajûta, bráhmasamçita, babhrúdhûta, bhágabhakta, pátijushṭa, mánurhita, mánuprîta, vâ'tajûta, vâ'tacodita, vâ'japrasûta, vâ'jaçruta, váruṇapraçishṭa, çyenájûta, çyenâ'bhṛta, sáhaskṛta, sómaçita, sómavṛddha, hástayata, hástacyuta; anyákṛta, anyájâta, viçvágûrta, viçvádarçata, viçvádṛshṭa, vâmájâta, sánavitta; tvâ'datta, tvéshita, mátkṛta, yuvâ'datta, yuvâ'nîta, yushmâ'datta, yushmâ'nîta, svágûrta, sváyukta, sváyata; svâ'hâkṛta, váshaṭkṛta, puróhita, súbhṛta, súyukta, súshṭuta, súsamiddha, súsamskṛta, súhuta, súkṛta, sújâta, sútashṭa, súdhita, súpûta, súprîta, ákṛta, ákshita, ájñâta, ádabdha, áparâjita, áparîta, áparihvṛta, ábâdhita, árishṭa, ásuta, ástṛta*
u. s. w.[1]). Also auch im Veda sind es gerade die participia
auf *ta*, welche vor den übrigen adjectiven dadurch hervorragen,
dass sie in ihrer betonungsart sich der der mutata an die seite
stellen, ganz ebenso wie im Homer (und überhaupt im griech.)
gerade die composita mit participien auf *το* gleich den mutatis
ihren accent stets möglichst weit zurück ziehen.

Auch diejenigen participia auf *ta, το,* welche von einem
mit der präposition componirten verbum stammen, sind bei
Homer und im Veda übereinstimmend accentuirt[2]). Der Veda
betont die präposition und die homerische sprache bemüht sich
wenigstens, den accent möglichst weit zurückzuziehen. Derart
ist z. b. *práyata* RV. 1, 154, 3; 3, 35, 10; 5, 30, 12 u. s. w.;
ánuyata RV. 5, 41, 13 u. ö.; *níyata, údyata, víyata* u. dgl.;
â'jâta 4, 43, 3; *víkṛta* 1, 164, 15; *â'kṛta, párishkṛta, prábhûta, víbhûta, párishikta, prábhṛta, sámbhṛta, víbhṛta, â'bhṛta, údbhṛta*
und viele andere. (Eine ausnahme ist z. b. *nishkṛtá* RV. 5, 67, 1,
während 1, 20, 6 *níshkṛta* betont wird; *samskṛtá* RV. 5, 76, 2
u. dgl.). Hierzu stimmen durchaus homerische bildungen wie
ἀμφήριστος, ἐξαίρετος, ἐξήλατος, ἐπίσπαστος, ἐπίμαστος, ἀπόβλητος, ἀπόθεστος u. dgl. Doch sind auch einige ausnahmen

---

[1]) Die ausnahmen von dieser regel für die composita mit participien
auf *ta* kommen der grossen zahl der regelmässigen bildungen gegenüber
gar nicht in betracht.

[2]) Vgl. die analoge erscheinung bei den substantivischen immutatis.

zu notiren, z. b. *διαμετρητύς, παραρρητός, καταϑνητός, συμφερτός, καταιβατός, ἀνεκτός* (vgl. Buttmann a. a. o. I, s. 241). — Ganz anders als die participia auf *ta, το* wird z. b. das participium perf. act. im Veda wie im Homer auch dann oxytonirt, wenn es vom componirten verbum gebildet wird; vgl. z. b. *pareyivâ'ṃsam* RV. 10, 14, 1; *upeyúshas* 10, 39, 8; *eyúshîṇâm* 1, 124, 4; *âjaganvấ'n* 7, 7, 5; *upajagmúshe* 10, 117, 2; *upajagmúshaḥ* 1, 53, 9; *nirjaganvấ'n* 10, 1, 1; *saṃcikitvấ'n* 4, 7, 8; *saṃjigîvấ'n* 3, 15, 4; *prajajñivâ'n* 3, 2, 11; *upapaptivâ'ṃsam* 9, 85, 11 u. s. w. Dem entsprechen im Homer z. b. *ἐναρηρώς, προσαρηρώς, παρβεβαώς, ἐμμεμαώς* u. dgl.

Jedenfalls kann es nicht zufällig sein, dass Homer und die Veden gerade in der behandlung der so sehr häufigen composita mit participien auf *ta, το* im 2. gliede eine so deutliche übereinstimmung zeigen. —

Wir haben bisher eine klasse von compositis ganz unberücksichtigt gelassen, wo allein in grösserem maassstabe das hauptgesetz, womöglich das 1. glied zu betonen, nicht befolgt wird. Es sind dies zusammensetzungen, in deren 2. gliede verbale adjectiva von der bedeutung des participiums praes. act. oder perf. pass. stecken, welche selbständig meist nicht mehr vorkommen. Sie zeigen im Griechischen meist suffix *o* oder *ες*. Die composita auf *ες* wie *διοτρεφής, ἁλιαής, γυναιμανής* u. dgl. sind oxytonirt, unterscheiden sich also im accent nicht von den sonstigen adjectivischen immutatis sowie von den mutatis auf *ες*. Dagegen zeigen die composita mit verbalem adjectivum auf *o* ein so starkes streben, das 2. glied zu betonen, dass sogar in der mehrzahl der fälle die hauptregel verletzt wird, z. b. *ἀεϑλοφόρος* müsste nach der hauptregel *ἀεϑλόφορος* lauten; *ἀγρονόμος* müsste *ἀγρόνομος*, *αἰπόλος* müsste *αἴπολος*, *ἀνδροφόνος* müsste *ἀνδρόφονος* betont sein u. s. w. Dabei finden wir folgendes gesetz beobachtet: das wort ist paroxytonon, falls die vorletzte sylbe kurz ist, dagegen oxytonon, falls dieselbe lang ist. Demgemäss haben wir bei Homer die paroxytonirung in *βοηϑόος, βουκόλος, βουληφόρος, Ἑωσφόρος, λαοφόρος, πυροφόρος, τελεσφόρος, δημοβόρος, δικασπόλος, ϑαλαμηπόλος, ὀνειροπόλος, δρυτόμος, ὑλοτόμος, ἑκατηβόλος, ἑκηβόλος, ἐλαφηβόλος, ἐπεσβόλος, ϑυμοφϑόρος, ϑυοσκόος, ἰοδόκος, ξεινοδόκος, κεραοξόος, λαοσσόος, λοετροχόος, οἰνοχόος, χρυσοχόος, Λωτοφάγος, ὠμοφάγος, μογοστόκος, πρωτοτόκος, ὁδοιπόρος,* πουτοπόρος, πατροφόνος, πυγμάχος, κουροτρόφος, ῥινοτόρος, σηκοκόρος.

Oxytona sind dagegen ἀεργός, δημιοεργός, ἐντεσιεργός, εὐεργός, κακοεργός, κλυτοεργός, ὀβριμοεργός, ταλαεργός, ἁρματοπηγός, Ἱππημολγός, θυραωρός, ὀχετηγός, συφορβός, ὑφορβός.

Es giebt nun freilich auch eine reihe von compositis, wo das hauptgesetz beobachtet ist [1]), z. b. die von ἔχω stammenden αἰγίοχος, ἡνίοχος, γαιήοχος; ferner nomina propria wie Δημόδοκος, Πάνδοκος, Τηλέμαχος; ferner ἀγχίμολος, ἔὔξοος, νεόστροφος, ὀρεσίτροφος, παλίλλογος, παλίντονος, πτολίπορθος, σακέσπαλος, τρίπολος, ἑκάεργος; bei einigen ist es nicht unwahrscheinlich, dass sie als mutata zu erklären sind, z. b. ἔὔρροος, καλλίρροος, ἀγάρροος, ἁλίπλοος, πρωτόπλοος, ἀγάννιφος, πρόγονος, ὀψίγονος, πολύστονος, πολύτροπος, πολύφορβος, τρίπτυχος. Dass die grenze zwischen den mutirten compositis und denen mit verbalem adjectiv im 2. gliede oft sehr schwer zu ziehen ist, habe ich in meiner arbeit »über die formelle unterscheidung der redetheile« s. 290 fll. eingehender besprochen, ohne jedoch leider damals den accent gehörig zu berücksichtigen. Jetzt würde ich bei den fraglichen bildungen durchaus geneigt sein, diejenigen, welche das 1. glied betonen, als mutata zu fassen; während diejenigen auf o, welche das 2. glied betonen, nach unserer ganzen darlegung keinesfalls als mutata zu erklären sind.

Demnach zeigen die composita mit verbalem adjectiv auf o sehr deutlich die tendenz, das 2. glied zu betonen, wenn auch das hauptgesetz schon eine reihe von ausnahmen hervorgerufen hat. Auf jeden fall ist es höchst auffällig, dass nur diese bildungen in grösserer anzahl dem hauptgesetze widerstreben. Sie treten, was den accent betrifft, aus der reihe der immutata wie der mutata heraus und nehmen eine sonderstellung ein. Bedenkt man nun, dass die schöpfung dieser composita, deren schlussglieder meist nicht mehr selbständig vorhanden sind, wohl in ziemlich früher zeit zu stande gekommen sein muss, so liegt es nahe, hier einen archaismus zu vermuthen. Und in der that finden wir im Veda ganz entsprechende composita mit verbalem adjectiv, die sich gerade dadurch von den übrigen

---

[1]) Die regeln der traditionellen grammatik vergleiche man bei Göttling, allgem. lehre vom accent der griech. sprache s. 317 fll. und Buttmann, ausführl. griech. sprachlehre II, s. 482 und 483.

adjectivischen immutatis absondern, dass sie fast durchgängig das 2. glied betonen. Diese verbalen adjectiva im Veda sind theils ohne suffix, theils mit verschiedenen suffixen gebildet und auch das dem griechischen *o* entsprechende *a* zeigt sich in einer ganzen reihe derartiger schlussglieder. Diese composita auf *a* sind meist oxytonirt und zwar ist dabei meist die vorletzte sylbe lang (wie in *brahmakârá* u. dgl.) oder legt doch von der steigerung des vocals zeugniss ab (wie in *bhuvanacyavá* u. dgl.); dadurch werden wir unmittelbar an die griechische regel erinnert, nach welcher bei langer penultima die oxytonirung eintritt (wie in *ἁρματοπηγός* u. dgl.).

Oxytonirte bildungen mit langer penultima sind z. b. *amitrakhâdá, vrtrakhâdá, atiyâjá, udagrâbhá, grâvagrâbhá, hastagrâbhá, kshîrapâká, brahmakârá, medhâkârá, haskârá, devavandá, dânupinvá, tuvibâdhá, tuvimrakshá, yûpavraská, yûpavâhá, ripravâhá, radhracodá, viçvaminvá, satrâsâhá, sabhâsâhá, sarvaçâsá, supârá, suvená, hiranyapâvá* u. dgl. Beispiele, an denen wir noch die steigerung des wurzelvocals wahrnehmen können, wenn auch die vorletzte sylbe nicht dadurch lang geworden, sind *açvahayá, katpayá, bhuvanacyavá, proshtheçayá, vahyeçayá, vrshasavá, vrsharavá* u. a. Sonstige oxytona mit kurzer penultima sind nicht viele anzuführen: *valamrujá, sadâprná, satrâkará, sutambhará, harimbhará;* einige wie *atrpá, rshisvará* lassen sich vielleicht als mutata fassen.

Paroxytona mit kurzer penultima sind z. b. *ajára, adábha, duhsháha, dûdábha, dûnáça, çukradúgha, sabardúgha, sudúgha, sukára, sutára, dushtára, durdhára, sutúka, sunirája, suçáka, sushána, susháda, suhána.* Diese bildungen erinnern uns an die griechischen paroxytona mit kurzer penultima wie *ἀγρονόμος, βουληφόρος;* indessen ist zu beachten, dass dies meist composita mit *dush* und *su* sind, bei denen überhaupt gern die vorletzte sylbe betont wird. So haben wir denn auch mehrere ebenso betonte mit langer penultima: *durâdhársha, duhçáṃsa, dûnâ'ça, sudárça, sudógha, suvéda, sushâ'ha, sushéka, çrtapâ'ka, sadhamâ'da.*

Im Sanskrit ist also die betonung nicht so streng an die quantität der vorletzten sylbe gebunden wie im Griechischen, dennoch ist die ähnlichkeit mit dem Griechischen nicht zu verkennen, da auch im Veda bei langer endsylbe in der regel oxytonirung eintritt.

Auch im Veda haben wir, wie im Homer, einige ausnahmen, bei denen das 1. glied betont wird, z. b. *agháçaṃsa* gegenüber *jîvaçaṃsá; rathákshaya;* indessen lassen sich diese bildungen vielleicht auch als mutata erklären. Die grenze zwischen den adjectivischen immutatis und den mutatis ist auch im Sanskrit oft schwer zu erkennen und der accent dürfte dabei noch einer der besten wegweiser sein.

Gehen wir nun noch auf die von componirten verben stammenden derivata mit suff. *a, o* ein, so finden wir zwischen dem Griechischen und Sanskrit gar keine übereinstimmung mehr, denn im Griechischen hat sich auf diesem gebiete das hauptgesetz vollkommene geltung verschafft und demgemäss wird das 1. glied betont [1]), während im Sanskrit die oxytonirung regel ist. Bei Homer finden wir z. b. *ἀπότροπος, ἔξοχος, ἐπίδρομος, ἐπίκλοπος, ἔκγονος, ἐπίσκοπος, ἐπίστροφος, ἐπίτονος, πρόχοος, Πρόϑοος, πρόμαχος, περίδρομος, περίτροχος, ὑπότροπος, ὑπείροχος.* Dagegen im Veda z. b. *anuyâjá, abhibhañgá, abhivegá, abhidrohá, abhiçrâvá, apagohá, apacyavá, âdârá, ânandá, upanâyá, parikroçá, praketá, prakhâdá, prabhañgá, prabhavá, vibâdhá, virapçá, saṃjayá, sambâdhá* u. s. w. Vielleicht ist es aber noch eine nachwirkung des ursprünglichen gesetzes, wenn in einigen fällen im Griechischen, wo die betonung nach der hauptregel nicht stattfinden kann, oxytonirung, nicht möglichste accentzurückziehung eintritt, z. b. in *ἐξημοιβός, ἐπημοιβός, ἐπαρωγός.* —

Vedische composita mit verbalem adjectiv im 2. gliede zeigen nun noch ausser *a* verschiedene andere suffixe; z. b. suff. *as* (entsprechend griech. *ες*) in *tuvishvaṇás, kshetrasâ'dhas, sajóshas* u. dgl. Suff. *van* in *agrayâ'van, rathayâ'van, vasudâ'van, çatadâ'van, sayúgvan, bahusû'van* u. dgl. Suff. *ana* in *amitradáṃbhana, mâṃspácana, amîvaçâ'tana* u. dgl. Suff. *in* in *brahmacârín, vratacârín, bhûriposhín* u. dgl. Suff. *i* in *tuvishváṇi, upamâtiváni, durgŕbhi, vastramáthi, havirmáthi, vôjasáni* u. dgl. Am häufigsten aber sind die composita, bei welchen das 2. glied ohne suffix gebildet ist, entsprechend einfachen adjectiven wie *drúh* schädigend u. dgl.; z. b. *dhanadâ', rabhodâ', rayidâ', vasudâ', retodhâ', vayodhâ', devayâ', devahû', rathayúj, vacoyúj, rathaspŕç, hṛdispŕç, rayivŕdh, vayovŕdh, rayivíd, vacovíd, varivovíd, vayunâvíd, rocanasthâ', viçvatúr, vṛtratúr, viçvapúsh, vṛtrahán,*

---

sapatnahán, surúc, havirád u. s. w. An wurzeln, die auf kurze vocale auslauten, tritt ein suffixales *t*, z. b. *açvajít, grâmajít, çravojít, sahasrajít, lokakŕt, vayaskŕt, varuṇadhrút, vajrabhŕt, havanaçrút, devaçrút* u. dgl.

Composita, welche den sanskritischen bildungen ohne suffix entsprechen, sind im Griechischen wenig zahlreich. Aus dem Homer ist mit sicherheit hierher gehörig nur βουπλήξ Il. 6, 135 ochsenstachel, eig. »die ochsen schlagend, treffend«; auch hier ist das schlussglied gegen das hauptgesetz betont! ἀπορρώξ, παραβλώψ schielend Il. 9, 503, παραπλήξ Od. 5, 418 und 440 sind nur derivata von dem mit der präposition componirten verbum. Dennoch sind sie für uns von wichtigkeit, da auch im Sanskrit die entsprechenden bildungen stets das schlussglied betonen, z. b. *abhibhû', abhiyúj, abhidrúh, apîjấ', upaspŕç, prayúdh, prabhú* u. s. w. Sind nun auch die angeführten homerischen bildungen ganz vereinzelt, so ist es doch ungemein wichtig, dass sie alle gegen das hauptgesetz das 2. glied betonen. Dasselbe gilt für einige homerische composita mit suffixalem τ, die ich den sanskritischen auf *t* vergleichen möchte, ἀβλής, ῆτος nicht geworfen, daher ungebraucht (vom pfeile); ἀγνώς, ῶτος unbekannt; ἀδμής, ῆτος unbezwungen; ἀκμής, ῆτος unermüdet; ἐπιβλής, ῆτος der riegel (eig. das vorgeschobene). Gerade des accentes wegen darf man diese composita nicht als verstümmelungen von bildungen mit participiis auf το ansehen. Auffällig ist freilich, dass das τ hier gerade an lange vocale tritt, sowie die passive bedeutung; doch vergleiche man das bei Hesychius und Suidas angeführte χειροβρώς, ῶτος hände verzehrend, nagend, reibend (von δεσμός gesagt), wo sich also active bedeutung zeigt. Auch haben ja im Sanskrit einige der entsprechenden composita passive bedeutung, z. b. *devaçrút* »von den göttern erhört«. Es ist sehr gut denkbar, dass ursprünglich suffixales *t* sowohl an kurze als an lange wurzelvocale treten konnte und dass dann im Sanskrit das eine, im Griechischen das andre zur regel wurde.

Eine wünschenswerthe ergänzung der spärlichen homerischen composita auf diesem gebiete sind uns einige nachhomerische bildungen, bei welchen ebenfalls gegen das hauptgesetz das 2. glied betont wird, z. b. οἰστροπλήξ von der bremse gestochen, wüthend Soph. El. 5, Aesch. Prom. 681, Eur. Bacch. 1229; οἰνοπλήξ trunken Anth. 9, 323, 5; μεϑυπλήξ Call. fr. 223, Anth.

Pl. 306, 3 = Leon. Tar. 37 in Jacobs' Anth. gr.; φρενοπλήξ Anth. 9, 141, 1 u. a.; ἀκανθοπλήξ; κυαμοτρώξ bohnenfresser Aristoph. Eq. 41; θυλακοτρώξ säcke zernagend Hesych.; διασφάξ riss, spalt Hdt. 2, 158. 3, 117. 7, 199; πελεθοβάψ, πλινθοβάψ Arcad. p. 94, 13; cf. Lobeck, paral. s. 292 und Göttling a. a. o. s. 331. Die angeführten composita haben theils active, theils passive bedeutung.

In anderen compositis zeigt allerdings die nachhomerische sprache schon zurückziehung des accents, z. b. οἰκότριψ (verna) Aristoph. Thesm. 426; πορνότριψ; παιδότριψ Luc. Tim. 14 und Arcad. p. 94, 19, wo auch σκευότριψ angeführt wird; χοιρόθλιψ die weibliche scham drückend oder berührend Aristoph. Vesp. 1364; βοόκλεψ Soph. bei Ath. 9. p. 409; τυρόκλεψ käsedieb Arcad. p. 94, 17; κατῶβλεψ niederschauend Archel. bei Ath. 9. p. 409; ἐπίτεξ der niederkunft nahe Hdt. 1, 108. 111. Luc. de merc. cond. 34. Von χέρνιψ berichtet Ath. 9, p. 409, dass die tragiker und komiker vorzugsweise χερνίψ betont hätten; nach Suidas sollen die dichter χερνίψ, die übrigen χέρνιψ betont haben. Ich möchte diese angaben der alten nicht wie Göttling a. a. o. s. 332 verwerfen, da es sehr gut denkbar ist, dass die dichter bei diesem worte diejenige accentuation bewahrten, welche nach unserer darlegung sich als die unzweifelhaft ältere erweist.

Die verwandtschaft zwischen Sanskrit und Griechisch tritt also auch bei den compositis mit verbalem adjectiv deutlich zu tage trotz mancher mit der zeit eingetretener abweichungen. Im Veda wird nur in dieser classe fast immer das schlussglied betont und im Homer wird nur in dieser classe das hauptgesetz meist nicht beachtet in folge einer starken tendenz zur betonung des schlussgliedes. Dadurch nehmen sowohl im Veda als im Homer gerade diese composita eine ganz eigenartige stellung ein. Bei den verbaladjectiven ohne suffix richtet sich die nachhomerische sprache schon oft nach der hauptregel, doch ruht auch hier noch immer etwa in der hälfte der fälle der accent auf dem schlussgliede. —

Das resultat für das ganze gebiet der adjectivischen immutata wäre etwa folgendes:

Composita mit eigentlichem adjectiv im 2. gliede betonen im Veda meist das 1. glied; doch kann auch das 2. glied betont werden. Im Homer wie im späte-

ren Griechisch ist es schon die folge des hauptaccent-
gesetzes aller composita, dass auch hier (wie im
Veda) meist das 1. glied betont wird. Falls die allgemeinen accentregeln dies nicht gestatten, so tritt
bei Homer theils möglichste zurückziehung des
accentes ein (wie bei den mutatis), theils behält das
2. glied seinen ursprünglichen accent; im nachhomerischen Griechisch waltet die zurückziehung vor.

Composita mit participien auf *ta* im 2. gliede
zeichnen sich im Veda durch die stärkste tendenz zur
betonung des 1. gliedes aus; dem entsprechend tritt
im Homer bei compositis mit participien auf *το* fast
ausnahmslos die accentzurückziehung ein. Auch bei
den vom componirten verbum stammenden participien
zeigt sich dasselbe princip der betonung.

Composita mit verbalem adjectiv im 2. gliede
zeichnen sich im Veda wie im Homer vor allen
übrigen durch die stärkste tendenz zur betonung
des schlussgliedes aus, wenn auch im Griechischen
durch das hauptaccentgesetz der composita starke
störungen hervorgerufen sind. —

Aus dem allem sehen wir, dass die accentgesetze der
homerischen nominalcomposita trotz mancher abweichungen
doch eine ganz unverkennbare ähnlichkeit mit denen des Veda
zeigen. —

Leopold Schroeder.

Weimar. — Hof-Buchdruckerei.

THESEN.

1) Die traditionelle indische Classification der Nominalcomposita ist inconsequent.

2) Die Dvigu, Avyayîbhâva und neutralen Dvandva sind
ursprünglich Bahuvrîhi.

3) R. V. X, 99,7 ist z. 1. sá nŕtamo náhushah smátsujâtah.

4) çunâsîra bedeutet „mit heilvollen Strömen versehen,
heilvoll strömend, regnend".

5) ráthaspátih ist im R. V. durchweg in ráthasya pátih
zu corrigiren.

6) vedisches vatsá ist = esthnischem witsi, wiśśi.

7) Die Betonung ναυσίκλυτος beruht auf einer Inconsequenz.

8) Die Betonung πολυκλης̃ίς ist unrichtig.

9) In τηλύγετος steckt $\sqrt{}$ vag = skr vaj.

10) Es giebt keine ebenso bedeutende selbstständige Cultur
wie die indische.